ISBN 978-2-211-23759-8

© 2019, l'école des loisirs, Paris, pour la présente édition
dans la collection «Minimax»
© 2017, l'école des loisirs, Paris
Loi numéro 49 956 du 16 juillet 1949 sur les publications
destinées à la jeunesse: avril 2017
Dépôt légal: mai 2019
Imprimé en France par Aubin Imprimeur à Ligugé

Édition spéciale non commercialisée en librairie

Michaël Escoffier · Matthieu Maudet

DISPARAIS !

MAGIK

l'école des loisirs
11, rue de Sèvres, Paris 6e

Comme tous les enfants, Charlotte adore ses parents.

Bon, sauf que ce ne sont pas ses vrais parents.
Parce qu'en fait Charlotte vient d'une autre planète.
Une planète sur laquelle les enfants font ce qu'ils veulent.
TOUT ce qu'ils veulent.

Mais en attendant qu'on vienne la récupérer pour la ramener
sur sa planète, elle est bien obligée de les supporter.

Lave-toi les mains avant de passer à table!

N'oublie pas de faire tes devoirs!

Ramasse ton linge sale!

Pour son anniversaire, Charlotte a demandé une boîte de magie.
– Tu ne préfères pas une poupée ?
– Un costume de fée ?
– Une trottinette ?
– Non, non et non !

Car Charlotte a une idée derrière la tête.

Le soir même, alors que sa mère lui demande de se coucher,
Charlotte agite sa baguette magique :
– DISPARAIS ! lance-t-elle à sa mère.

Aussitôt, sa mère disparaît.

Alerté par le bruit, son père arrive en courant:
– Que se passe-t-il par ici?
– DISPARAIS toi aussi! dit Charlotte.

Et…

POUF !

Il disparaît à son tour.

Au début, Charlotte n'y croit pas.
C'est tellement simple. Et pourtant…

– Je vais enfin pouvoir faire ce que je veux.
TOUT ce que je veux !

Charlotte commence par vider le frigo.
Elle se goinfre tant qu'elle peut, jusqu'à
en être écœurée.

Puis elle se met à faire la folle,
saute sur son lit, se balance au rideau…

Tiens, et si elle prenait un bain tout habillée?
Qui va l'en empêcher, puisque ses parents ne sont plus là? Hein?

—Et maintenant, je vais regarder la télé toute la nuit!

Finalement, après trois heures de dessins animés,
Charlotte s'endort.

À son réveil, elle ne se sent pas très bien.
Elle grelotte et elle a mal au ventre.
Il lui faut une couverture pour se réchauffer.
Dans la chambre des parents, peut-être…

Arrivée devant la porte, elle entend des bruits peu rassurants.
Est-ce un voleur qui s'est introduit dans la maison ? Un ogre ?
Ou pire : un ogre-voleur ?
Charlotte s'agrippe à sa baguette magique.

– Tu nous as appelés, chérie?

– Où étiez-vous passés? J'ai cru que j'allais mourir!

– Tu nous as demandé de disparaître. Alors, on a disparu!

– Charlotte ! Qu'est-ce que c'est que ce bazar ?!

– Oh, ça? C'est rien, un petit coup de baguette
magique et tout rentrera dans l'ordre!

– File immédiatement dans ta chambre! Allez, ouste!

– DISPARAIS !